ENQUÊTE AU MANOIR !

Texte original et illustrations de Brendan Kearney
Texte français de Emmanuel Gros

Editions Quatre Fleuves

Année
MMXXI

CRÈME CARAMEL & Co.

Manoir de Caramel
Montée des Blancs en Neige
Patachou-les-Bains

Ma très chère Suzie,

Joyeux anniversaire ! Sois la bienvenue au manoir de Caramel ! Nous t'attendions avec impatience. Mon chien Brioche et ma chatte Pistache ne parlent que de toi depuis que je leur ai annoncé ta venue.

Je t'ai préparé une surprise... Malheureusement, une colonie d'oiseaux démoniaques, des macareux, sème la pagaille dans ma belle maison et menace de voler ton cadeau. Je l'ai donc caché en lieu sûr et j'ai disséminé des indices un peu partout... Es-tu prête pour une chasse au trésor ?

Alors, c'est parti pour la première énigme ! Mais attention, ne laisse pas ces maudits volatiles te devancer. Garde toujours un œil sur eux. Il y en a onze dans chaque pièce. Trouve-les avant qu'ils ne mettent leurs pattes sur ta surprise !

Bonne chance et régale-toi !
Gros bécots,
Tonton Honoré

TOP SECRET

À l'attention
de Suzie Grain-de-Sel

PLAN DU MANOIR

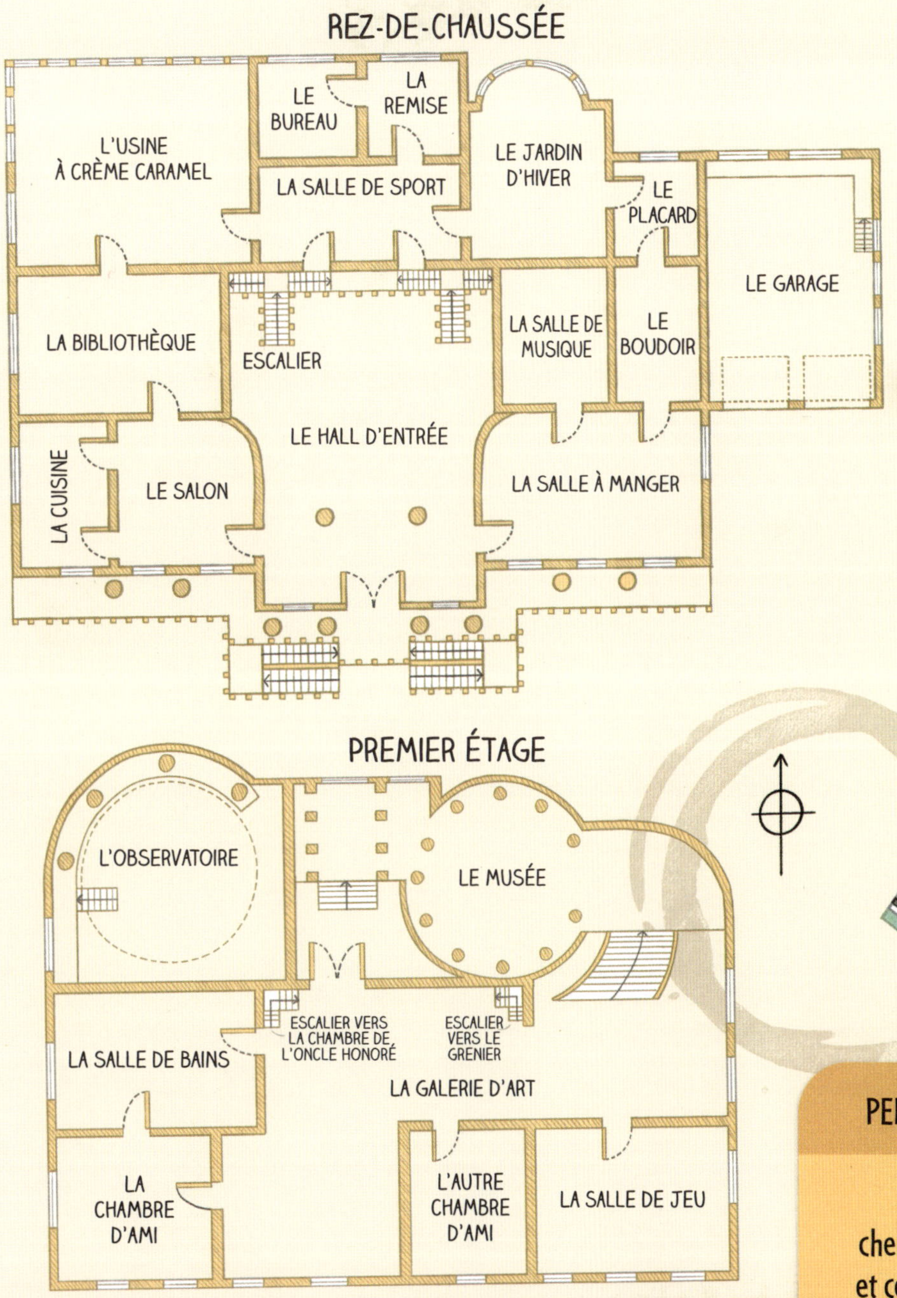

1ER INDICE :

À l'attaque ! Remets ces lettres dans le bon ordre et découvre la pièce où ton enquête commence...

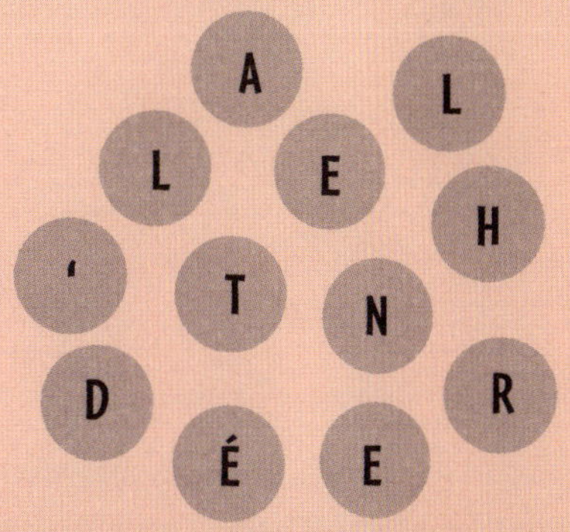

PENSE-BÊTE POUR TON ENQUÊTE :

- Dans chaque pièce, cherche tous les éléments de la liste et coche les cases au fur et à mesure
- Débusque les 11 macareux
- Trouve la lettre cachée
- Résous les énigmes pour avancer dans ta quête
- Et garde une feuille avec toi pour noter les réponses !

TOP SECRET

Le hall d'entrée

Nom d'un p'tit bonhomme ! Bravo !
Tu as déjà résolu la première énigme !

Voici le hall d'entrée de mon manoir. C'est une pièce accueillante... normalement. Problème : ces fichus macareux ont mis un bazar incroyable. Yuzu le phoque a une lettre à te donner. Le repères-tu au milieu de ce chaos ? N'oublie pas de cocher toutes les cases de la liste avant d'aller plus loin...

Bon courage !

Tonton Honoré

À TROUVER :

- ☐ 10 théières
- ☐ 10 chapeaux
- ☐ 10 assiettes
- ☐ 1 cadeau d'anniversaire
- ☐ 1 clé
- ☐ Brioche
- ☐ Pistache
- ☐ 11 macareux

TOP SECRET

À l'attention
de Suzie Grain-de-Sel

CRÈME CARAMEL & Co.

Manoir de Caramel
Montée des Blancs en Neig
Patachou-les-Bains

Ma chère Suzie,

Si tu lis cette lettre, c'est que tu as trouvé Yuzu et qu'il t'a remis l'enveloppe avec le prochain indice. À nouveau, bravo ! Ravi de voir que notre gentil phoque a rempli sa mission.

L'énigme suivante ne devrait pas te donner trop de fil à retordre. Dès que tu l'auras résolue, file dans la pièce suivante pour te rapprocher un peu plus de ta surprise !

Gros bécots,

Tonton Honoré

2^E^ INDICE :

Yuzu connaît le bon chemin pour se rendre dans la prochaine pièce. Mais toi, le trouveras-tu ? Suis les lignes avec ton doigt et prends garde à ne pas te perdre dans ce micmac !

TOP SECRET

La cuisine

Sacré nom d'une pipe !
Les macareux ont transformé ma cuisine en un véritable capharnaüm ! Je parie que ces crapules m'ont encore chipé mes céréales préférées...

Heureusement, dans ce désordre, Cajou le paresseux protège précieusement le prochain indice.

Attention à ne pas glisser sur une peau de banane ou dans une flaque de jus d'orange. Et n'oublie pas de cocher toutes les cases de la liste !

Honoré

À TROUVER :

- ☐ 1 boîte à goûter d'Honoré
- ☐ 12 hamsters en cavale
- ☐ 10 carottes
- ☐ 10 boîtes de céréales
- ☐ 1 clé
- ☐ Brioche
- ☐ Pistache
- ☐ 11 macareux

TOP SECRET

À l'attention
de Suzie Grain-de-Sel

Manoir de Caramel
Montée des Blancs en Neige
Patachou-les-Bains

Ma chère Suzie,

Chapeau ! Tu as réussi à quitter la cuisine sans farine dans les cheveux, sans pizza sous les semelles ni tache sur tes vêtements... Une vraie cheffe !

Je suis fier de toi. J'espère que Cajou a aussi mis la main à la pâte, ce paresseux... C'est qu'on a encore du pain sur la planche !

La prochaine énigme nécessite toute ton attention. Mais si quelqu'un est capable de relever le défi, c'est bien toi !

Bécots,

Honoré

3E INDICE :

Observe bien les boîtes ci-dessous (ce sont mes céréales préférées !).
L'une d'elles n'est pas tout à fait comme les autres... Sauras-tu la trouver ?
Elle t'indiquera la prochaine pièce-mystère de ta savoureuse enquête...

LA CHAMBRE DE L'ONCLE HONORÉ

LE GARAGE

LE MUSÉE

LA BIBLIOTHÈQUE

LA SALLE DE BAINS

LE JARDIN D'HIVER

TOP SECRET

La bibliothèque

Ma bibliothèque t'est grande ouverte ! Je te rassure, d'habitude elle est mieux rangée. Sous leurs airs d'adorables pioupious, ces macareux sont de sacrés voyous ! Quelle histoire...

Fenouil le fourmilier t'attend au pied d'une étagère avec le prochain indice. Tu le vois ?

Honoré

P.S. : Brioche dévore les romans... littéralement. Si tu peux veiller à ce qu'il ne mange pas mes livres, je t'en serai vraiment reconnaissant.

À TROUVER :

- ☐ 1 ours en peluche d'Honoré
- ☐ 10 trophées
- ☐ 12 tasses de thé
- ☐ 10 horloges
- ☐ 1 clé
- ☐ 1 gâteau d'anniversaire
- ☐ Brioche
- ☐ Pistache
- ☐ 12 macareux

TOP SECRET

À l'attention
de Suzie Grain-de-Sel

Crème Caramel & Co.

Manoir de Caramel
Montée des Blancs en Neige
Patachou-les-Bains

Ma chère Suzie,

Super, tu y es arrivée ! Et pourtant, ce n'était pas facile de mettre la main sur Fenouil au milieu de ce tohu-bohu. Ma bibliothèque est sens dessus dessous à cause de ces oiseaux moqueurs. Brioche et Pistache vont devoir m'aider à reclasser tous les ouvrages par ordre alphabétique !

Soit dit en passant, j'ai dans mes rayons une anthologie des meilleures recettes de crème caramel qui…
Mais je m'égare, on a une surprise d'anniversaire sur le feu !
Passons vite à l'énigme suivante.

Honoré

CARTE D'EMPRUNT

AUTEUR : DENISE BLANDEUF

TITRE : 101 FAÇONS IMPROBABLES DE PRÉPARER LA CRÈME CARAMEL

DATE DE RETOUR	EMPRUNTÉ PAR
02 · 04	FENOUIL LE FOURMILIER
06 · 06	REX LE T-REX
01 · 09	PUFFIN Ier

CARTE DE BIBLIOTHÈQUE

NOM : *Honoré*

ADRESSE : *Manoir de Caramel*

N° de MEMBRE : *001*

4e INDICE :

Tiens, tiens... La porte de la pièce suivante est fermée par un cadenas. Devine quelle clé te permettra de l'ouvrir afin de poursuivre ton enquête !

TOP SECRET

Le musée

Sapristi ! Aucune énigme ne te résiste.

Voici mon beau musée ! Sois prudente, je ne voudrais pas que tu finisses entre les griffes acérées ou les dents pointues d'un squelette de dinosaure. Rex le T-Rex est particulièrement redoutable. Il peut être très soupe au lait, surtout quand il a un petit creux…

Tartine la tortue t'attend avec le prochain indice. Trouve-la et, s'il te plaît, empêche les macareux de tout casser !

Honoré

À TROUVER :

- ☐ 1 nœud papillon d'Honoré
- ☐ 12 dinosaures miniatures
- ☐ 10 casques de Viking
- ☐ 8 vases antiques
- ☐ 1 chapeau d'anniversaire
- ☐ 1 clé
- ☐ Brioche
- ☐ Pistache
- ☐ 11 macareux

TOP SECRET

À l'attention
de Suzie Grain-de-Sel

Crème Caramel & Co.

Manoir de Caramel
Montée des Blancs en Neige
Patachou-les-Bains

Ma chère Suzie,

Ouf, mon T-Rex ne t'a pas dévorée toute crue… ou du moins, pas encore ! Je plaisante, Rex est végétarien, donc tu n'as rien à craindre – en revanche, il raffole de mes crèmes caramel, ce gros gourmand !

Mes compliments, tu as trouvé Tartine la tortue ! On ne dirait pas comme ça, mais elle est capable de se carapater à toute vitesse. Il ne faut pas sous-estimer une tortue déterminée, n'est-ce pas ?

Quant à toi, il paraît que tu as la bosse des maths ?
Tu vas pouvoir me le prouver lors de cette prochaine énigme…

Plein de bécots,

Honoré

5E INDICE :

Comme tu peux le voir, chacune de ces équations contient une inconnue. Remplace chaque dinosaure par le chiffre manquant ; tu obtiendras alors une combinaison qui ouvrira l'un des cadenas ci-dessous. Découvriras-tu la pièce où te rendre ensuite ?

+ 3 = 6

2 + 5 =

3 +

= 4

6 + 3 =

LA SALLE À MANGER

LE JARDIN D'HIVER

LA CHAMBRE DE L'ONCLE HONORÉ

LA REMISE

TOP SECRET

La chambre de l'oncle Honoré

Mince alors, voilà qui est gênant...
Ma chambre est un vrai fourbi !
Ne fais pas attention aux caleçons
et aux chaussettes qui traînent.
Je te promets que j'étais en train
de faire du tri !

Gaufrette l'écureuil te guette dans un coin de la pièce. Rejoins-le pour accéder à l'énigme suivante !

Honoré

P.S. : Ce bon vieux Brioche est sans doute en train de ronfler sur mon lit... Peux-tu lui dire d'aller dormir ailleurs ? C'est qu'il cocotte et j'ai le nez sensible.

À TROUVER :

- ☐ 1 dentier d'Honoré
- ☐ 12 petits trains
- ☐ 10 caleçons
- ☐ 10 balles de tennis
- ☐ 1 cadeau d'anniversaire
- ☐ 1 clé
- ☐ Brioche
- ☐ Pistache
- ☐ 11 macareux

TOP SECRET

À l'attention
de Suzie Grain-de-Sel

Manoir de Caramel
Montée des Blancs en Neige
Patachou-les-Bains

Ma chère Suzie,

J'espère que c'est bien toi qui lis cette lettre, et non pas l'un de ces galopins de macareux. En tout cas, tu es une vraie championne : tu as repéré Gaufrette et le sixième indice au milieu de mon désordre personnel...
Continue comme ça !

Vu tes talents, tu devrais venir à bout de la prochaine énigme sans problème. En avant toute !

Gros bécots,

Tonton Honoré

6ᴱ INDICE :

Complète le mot croisé ci-dessous. Tu feras ainsi apparaître le nom de la pièce suivante dans les petits carrés blancs. Regarde bien : les objets à trouver sont un peu mélangés dans la page. Bonne chance, œil de lynx !

2.

3.

5.

10.

11.

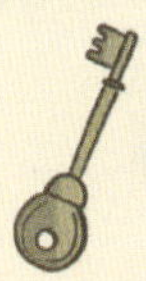
12.

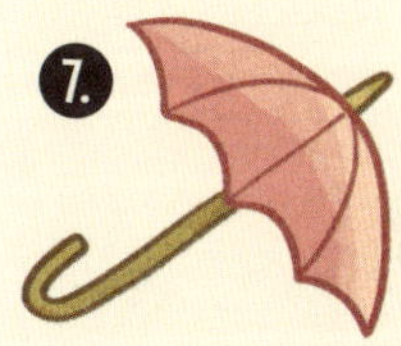
7.

4.

6.

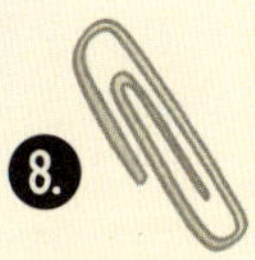
8.

1.

9.

1. B _ _ _ □ _
2. □ A _ _ _ _
3. _ H _ _ □ _ _ T _ _
4. _ _ T □ _ _
5. _ _ _ _ _ □ E
6. □ _ S _
7. P _ _ □ P _ _ _ _
8. □ R _ _ _ _ _ E
9. _ R □ _ H _ _
10. _ _ _ □ N
11. T _ _ I _ □ _
12. _ L □

TOP SECRET

L'observatoire

Tu dois être née sous une bonne étoile pour résoudre les énigmes aussi brillamment !

Te voilà maintenant dans mon observatoire… C'est l'une de mes pièces préférées du manoir. Ouvre l'œil, car un jour j'y ai même croisé… un extraterrestre ! Dingue, non ? Cherche Calisson le cerf. Attention, c'est un expert en camouflage. Et comme chaque fois, arrête ces crapules à bec jaune avant qu'elles ne provoquent un nouveau big bang !

Honoré

À TROUVER :

- ☐ 1 montre d'Honoré
- ☐ 12 petites fusées
- ☐ 5 extraterrestres
- ☐ 10 antennes paraboliques
- ☐ Des bougies d'anniversaire
- ☐ 1 clé
- ☐ Brioche
- ☐ Pistache
- ☐ 11 macareux

TOP SECRET

À l'attention
de Suzie Grain-de-Sel

CRÈME CARAMEL & Co.

Manoir de Caramel
Montée des Blancs en Neige
Patachou-les-Bains

Ma chère Suzie,

Waouh ! Je vois que tu n'es pas dans la lune et que tu es concentrée à 100 % sur ta mission, bravo ! Je suis sûr d'avoir croisé une créature venue d'une autre planète dans cet observatoire… Tu me crois, n'est-ce pas ?

Mais revenons à nos moutons… le prochain indice ! Calisson est très fort pour passer inaperçu, mais il n'a pas échappé à ton regard affûté. Allez, on continue ?

Au fait, j'espère que Brioche et Pistache t'aident dans ton enquête et qu'ils ne font pas que somnoler, ces coquins…

Gros bécots,

Honoré

7ᴱ INDICE :

Prête pour un nouveau problème ? Fais chauffer tes petites cellules grises !
La réponse correspond au numéro de la pièce suivante.

SI

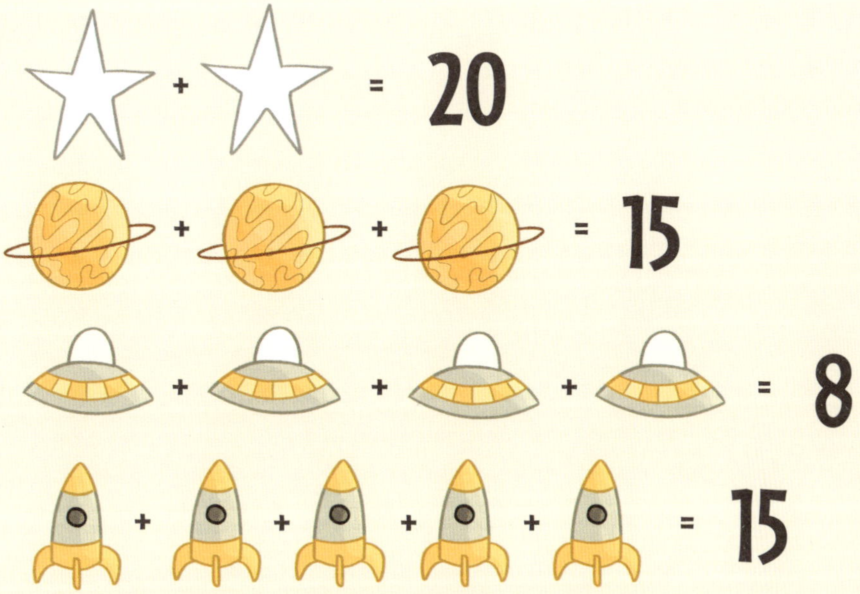

ALORS, QUELLE EST LA SOMME DE

UN COUP DE POUCE ?

Si tu sèches, compte le nombre de petites ampoules emberlificotées dans les bois de Calisson.

Et la pièce suivante est…

LE BUREAU — LA SALLE DE BAINS — LE PLACARD — LA SALLE DE JEU

TOP SECRET

La salle de bains

Bienvenue dans ma super salle de bains ! J'espère que tu as apporté tes lunettes de piscine !

Si tu croises Sushi le requin, n'aie pas peur : sous ses airs de prédateur, il est très timide ! Enfin, garde tout de même tes distances, on ne sait jamais...
C'est Colombo, mon ornithorynque, que tu vas devoir rencontrer pour accéder à l'indice suivant.
Alors, prête à faire trempette ?

Honoré

À TROUVER :

- [ ] 6 chaussettes égarées
- [ ] 12 canards en plastique
- [ ] 8 étoiles de mer
- [ ] 6 méduses
- [ ] 1 ballon en forme de chien
- [ ] 1 clé
- [ ] Brioche
- [ ] Pistache
- [ ] 11 macareux

TOP SECRET

À l'attention
de Suzie Grain-de-Sel

Crème Caramel & Co.

Manoir de Caramel
Montée des Blancs en Neige
Patachou-les-Bains

Ma chère Suzie,

Alors là, je suis médusé ! Dénicher Colombo dans mon aquarium géant n'était pas facile. Mais tu as une sacrée pêche et personne ne t'arrête !

L'énigme qui t'attend maintenant est plus compliquée. J'espère au moins qu'elle retardera ces gredins de macareux ! Pour toi, je ne me fais pas de souci : je sais que tu l'élucideras en un rien de temps.

Continue, ta surprise est presque à portée de nageoire… de main !

Plein de bécots,

Honoré

8E INDICE :

Je t'ai écrit un message crypté. Sers-toi du décodeur ci-dessous pour le déchiffrer. Bonne chance !

DÉCODEUR

Texte codé vers texte original

D	E	F	G	H	I	J	K	L	M	N	O	P	Q	R	S	T	U	V	W	X	Y	Z	A	B	C
↓	↓	↓	↓	↓	↓	↓	↓	↓	↓	↓	↓	↓	↓	↓	↓	↓	↓	↓	↓	↓	↓	↓	↓	↓	↓
A	B	C	D	E	F	G	H	I	J	K	L	M	N	O	P	Q	R	S	T	U	V	W	X	Y	Z

MESSAGE CODÉ

HQ URXWH SRXU O XVLQH D FUHPH FDUDPHO

BONUS

QH ODLVVH SDV OHV PDFDUHXA WH GHYDQFHU

UN COUP DE POUCE ?

Pour cette énigme, n'oublie pas de t'aider d'une feuille et d'un stylo !

TOP SECRET

L'usine à crème caramel

Bravo, mon petit sucre d'orge !

Ta-daam ! Je suis ravi de t'accueillir dans mon usine. C'est là que je prépare la meilleure crème caramel du monde. Oui, oui, rien que ça. La recette est un secret de famille, bien sûr ! Alors je compte sur toi pour ne pas laisser les macareux me la voler.

Sauras-tu trouver Cacahuète le pangolin, qui détient le prochain indice ?
Oh, et je t'en supplie, fais en sorte que les oiseaux ne polluent pas ma délicieuse crème avec leurs fientes dégoûtantes !

Honoré

À TROUVER :

- ☐ Patins à roulettes d'Honoré
- ☐ 10 affiches
- ☐ 10 peaux de banane
- ☐ 5 trompettes
- ☐ 1 robe d'anniversaire
- ☐ 1 clé
- ☐ Brioche
- ☐ Pistache
- ☐ 11 macareux

TOP SECRET

À l'attention
de Suzie Grain-de-Sel

CRÈME CARAMEL & Co.

Manoir de Caramel
Montée des Blancs en Neige
Patachou-les-Bains

Ma chère Suzie,

Est-ce que ces souillons d'oiseaux ont gâté ma délicieuse crème caramel ? Je suis très inquiet, réponds-moi franchement. Je croise les doigts pour que tu aies empêché le plus gros gâchis de l'histoire de la pâtisserie !

En tout cas, tu as su trouver Cacahuète et le prochain indice – bravo ! Ce pangolin est fou de ma crème caramel ; je le surprends souvent en train de sortir en douce de l'usine, les pattes toutes collantes…

Poursuivons l'enquête avec une nouvelle énigme. Bientôt la cerise sur le gâteau !

Gros bécots,

Honoré

9E INDICE :

Pour cette énigme, sers-toi de l'alphabet ci-dessous afin de déchiffrer le message codé. Chaque image correspond à une lettre. Cette fois encore, aide-toi d'une feuille et d'un stylo. Bon courage !

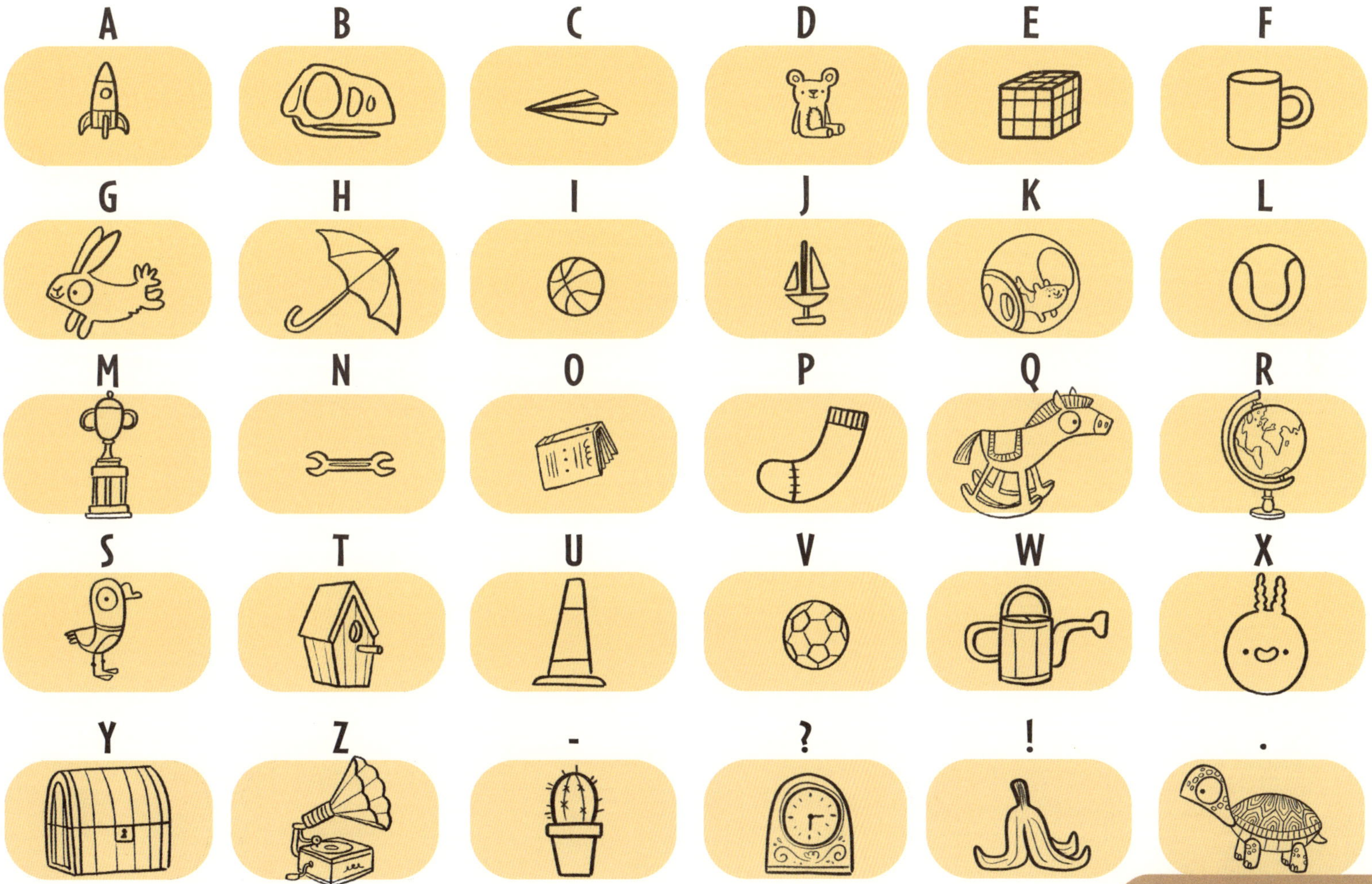

TOP SECRET

Le jardin d'hiver

Formidable, tu as décrypté le message secret ! Malheureusement, ces fichus volatiles sont déjà là. Regarde-moi ça : les saletés se mélangent aux feuilles volantes et aux objets perdus : quel cirque !

Bon, bon... Admire mon jardin d'hiver. Avant, j'adorais venir piquer une tête dans la piscine, mais depuis peu les canards l'ont adoptée... Tu crois que c'est moi qui n'ai pas de chance avec les oiseaux ?

Coquillette la girafe t'attend... Trouve-la et tu frôleras ton cadeau d'anniversaire.

Tonton Honoré

À TROUVER :

- ☐ 1 hamster en cavale
- ☐ 8 bottes en caoutchouc
- ☐ 10 nichoirs à oiseaux
- ☐ 10 arrosoirs
- ☐ 4 cupcakes
- ☐ 1 clé
- ☐ Brioche
- ☐ Pistache
- ☐ 11 macareux

TOP SECRET

À l'attention
de Suzie Grain-de-Sel

CRÈME CARAMEL
& Co.

Manoir de Caramel
Montée des Blancs en Neige
Patachou-les-Bains

Ma chère Suzie,

C'est la dernière ligne droite ! Encore un petit effort et tu mettras enfin la main sur ton cadeau d'anniversaire tellement mérité !

Content que tu aies pu trouver Coquillette. J'espère que l'enveloppe n'a pas été trop difficile à attraper... Mon amie au long cou a la folie des grandeurs !

Il n'y a pas une seconde à perdre : attaque-toi vite à cette énigme-ci ! Je présage que tu seras dans la pièce suivante en un éclair (au chocolat) !

Plein de bécots,

Honoré

10^E INDICE :

Encore un message à déchiffrer : sers-toi de la grille ci-dessous pour révéler ta prochaine destination !

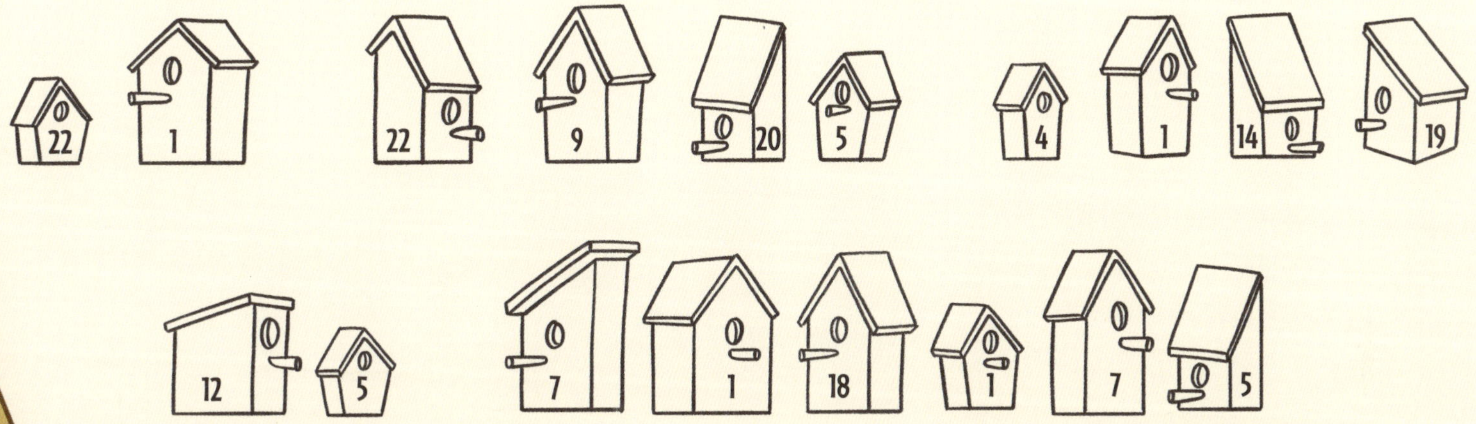

DÉCODEUR

1 = A	14 = N
2 = B	15 = O
3 = C	16 = P
4 = D	17 = Q
5 = E	18 = R
6 = F	19 = S
7 = G	20 = T
8 = H	21 = U
9 = I	22 = V
10 = J	23 = W
11 = K	24 = X
12 = L	25 = Y
13 = M	26 = Z

UN COUP DE POUCE ?

N'oublie pas : c'est beaucoup plus simple en inscrivant ta réponse sur une feuille !

TOP SECRET

Le garage

Te voilà presque au bout de tes peines. Dans mon garage, j'abrite mes voitures chéries et mes prodigieux engins. Je viens de les faire nettoyer, alors attention à ces chenapans à plumes ! Si tu pouvais faire en sorte que mes véhicules restent propres...

Pour le dernier indice, déniche Loukoum le tapir et résous l'énigme ; tu recevras enfin ton cadeau d'anniversaire !

Honoré

À TROUVER :

- [ ] 1 os oublié par Brioche
- [ ] 12 voitures miniatures
- [ ] 11 cônes de chantier
- [ ] 10 clés à molette
- [ ] 1 carte d'anniversaire
- [ ] 1 clé
- [ ] Brioche
- [ ] Pistache
- [ ] 11 macareux

TOP SECRET

À l'attention
de Suzie Grain-de-Sel

CRÈME CARAMEL & Co.

Manoir de Caramel
Montée des Blancs en Neige
Patachou-les-Bains

Ma très chère Suzie,

Un vrai petit bolide ! Félicitations pour être allée aussi loin dans ta quête. Et merci d'avoir retrouvé mes clés à molette : Brioche et Pistache jouent sans arrêt avec et je ne sais jamais où elles sont fourrées. Je vois que tu ne t'es pas laissé berner par ces macareux diaboliques !

J'ai un dernier casse-tête pour toi. Il s'agit d'un labyrinthe. Ta surprise t'attend à la sortie. Loukoum a un excellent sens de l'orientation, tu n'as qu'à l'emmener !

Bonne chance...

Et à très vite !

Honoré

11E INDICE :

Avec ton doigt, trace ton chemin à travers ce labyrinthe. Essaie de ne pas te perdre dans ce dédale extravagant… pire que mon manoir ! Ta SUPER surprise t'attend de l'autre côté. Bonne route !

SURPRISE !

Hip hip hip… hourra ! Tu as résolu toutes les énigmes et mené l'enquête avec brio, ma malicieuse Suzie.

Regarde ! Ces macareux ne sont pas aussi vilains qu'on le pensait. Ils voulaient simplement arriver avant toi à ta fête d'anniversaire, les ailes chargées de cadeaux !

Et maintenant, qui veut une part de gâteau ? C'est moi qui l'ai fait, bien sûr, et c'est vraiment ma plus grande réussite !

BRAVO
ÉPATANTE
SUZIE

RÉPONSES

Certains problèmes ont eu raison de ton intelligence surhumaine ? Ne t'en fais pas : toutes les réponses sont là ! Il y a même des couleurs pour t'aider à les repérer. Reste quand même concentrée : ces coquins de macareux pourraient bien te voler ta part de gâteau !

UN COUP DE POUCE ?

Sers-toi d'une loupe, si besoin.

LE HALL D'ENTRÉE

LA CUISINE

LA BIBLIOTHÈQUE

LE MUSÉE

CHAMBRE DE L'ONCLE HONORÉ

L'OBSERVATOIRE

SALLE DE BAINS

L'USINE À CRÈME CARAMEL

E JARDIN D'HIVER

LE GARAGE

SUITE DES RÉPONSES

1E INDICE

2E INDICE

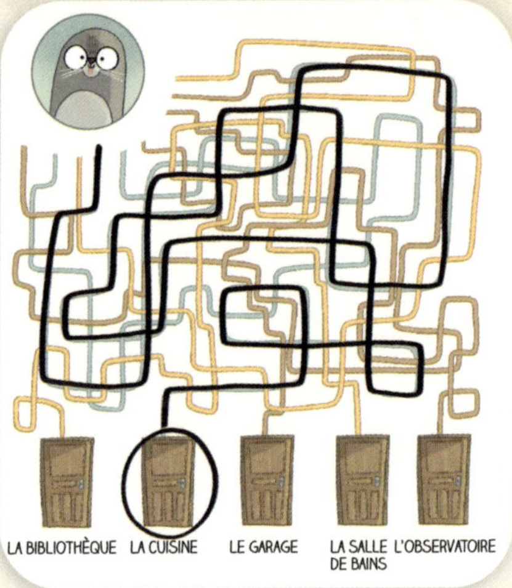

3E INDICE

4E INDICE

5E INDICE

6E INDICE

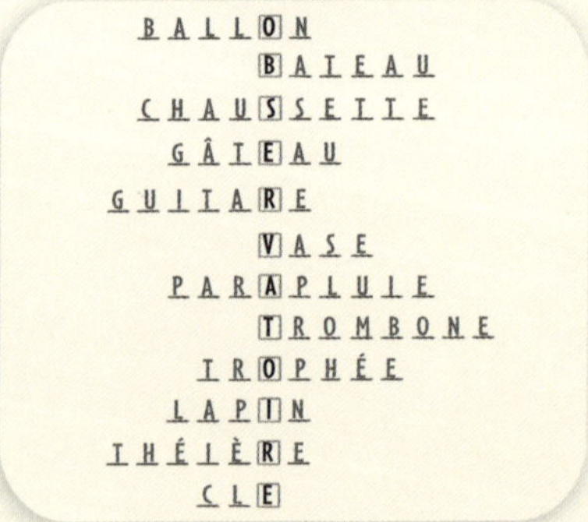

7E INDICE

8E INDICE

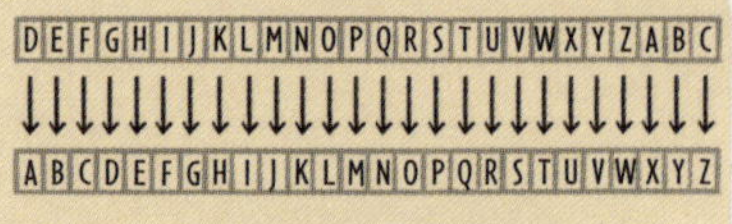

MESSAGE CODÉ

EN ROUTE POUR L'USINE À CRÈME CARAMEL

BONUS

NE LAISSE PAS LES MACAREUX TE DEVANCER

9E INDICE

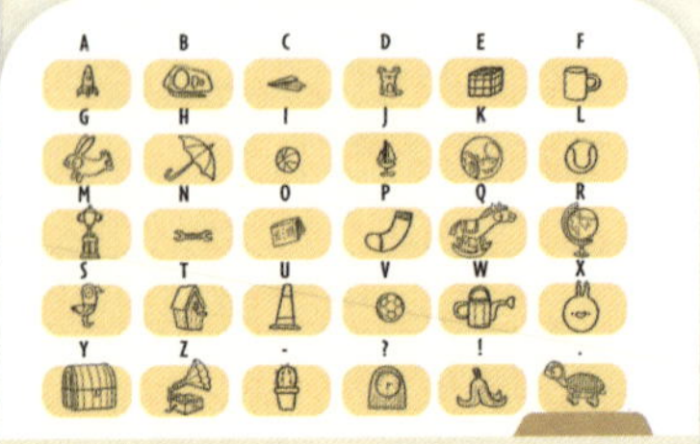

RENDS-TOI AU JARDIN D'HIVER!

10E INDICE

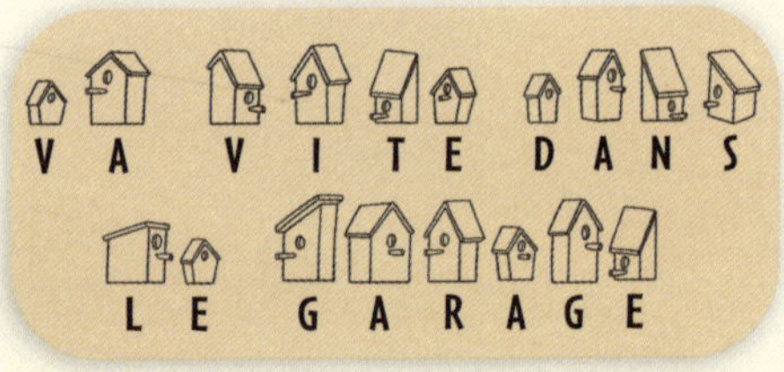

11E INDICE

www.quatrefleuves.fr

Imprimé en Chine.
Dépôt légal : septembre 2021. CE